Annelie Winter

Mama

Eine große Liebe

© 2018 Annelie Winter
Umschlag, Illustration: Ronald Pelzer

Verlag: tredition GmbH, Hamburg

ISBN
Paperback   ISBN 978-3-7469-0522-8 Paperback
Hardcover   ISBN 978-3-7469-0523-5 Hardcover
e-Book   ISBN 978-3-74690524-2 e-Book

Die Autorin Annelie Winter wurde 1953 in einem kleinen Dorf in der Eifel geboren.

Sie machte eine Ausbildung zur Arzthelferin in Wiesbaden.

1974 zog es sie dann nach Münster, wo sie bis heute lebt.

Der schmerzhafte Abschied von ihrer Mutter ließ sie dieses Buch schreiben.

Bedanken möchte sie sich bei ihrem Mann Dieter, der ihr in dieser schweren Zeit beigestanden hat. Für seine Geduld, seine Liebe und Zuwendung und für sein Verständnis.

Widmung

Ich schreibe diese Zeilen zu Ehren einer ganz besonderen Frau, meiner lieben Mutter.

Es ist Oktober, Mitte Oktober 2010. Ich habe 10 Tage Urlaub. Mein Mann und ich fliegen nun zum ersten Mal nach Ibiza. Es klappt alles gut. Das Hotel, ein Clubhotel in der Nähe von Ibiza-Stadt, ist sehr schön. Das Zimmer ist ordentlich, die Matratzen sind bequem. Essen und Trinken, die Atmosphäre, das Personal, die Leute, alles ist in Ordnung. Auch das Wetter ist toll. 23 bis 27 Grad im Schatten. Wir sitzen morgens am Frühstückstisch, der reichlich gedeckt ist. Ich habe mir Brot, Käse und Rührei genommen, dazu Kaffee. Eine hübsche Blume auf dem Tisch verschönert das Ganze. Mein Mann sagt „Guten Appetit". Ich sitze dort, sehe mir den Tisch an, die Leute um mich herum, sehe meinen Mann an und fange an zu weinen. Ich fühle mich plötzlich unsagbar einsam und alleine. Darf ich hier sitzen, darf ich etwas essen, darf es mir gut gehen? Was ist geschehen? Ich blicke zurück.

Mutti wurde am 05.03.1926 in einem kleinen Dorf in der Eifel, in Steiningen, geboren. Sie hatte noch weitere 7 Geschwister, davon lebt nur noch Tante Agathe, ihre Zwillingsschwester.

Ihre Eltern waren Bauern und haben hart gearbeitet. Sie waren einfache, bescheidene, herzensgute Leute, die alles für ihre Kinder getan haben. Ein Kind, Bruno, ist jung im Krieg gefallen. Die anderen 3 Brüder sind heil nach Hause gekommen.

Mutti ging zur Volksschule und hat danach auf dem Bauernhof gearbeitet. 1948 lernte sie dann meinen Vater kennen. Er kam aus einem Nachbardorf, Ulmen. 1949 haben die beiden geheiratet. Papa wohnte in dem Haus meiner

Tante, der Schwester seiner Mutter. So ist Mutti dann nach Kelberg gezogen.

Papa hat im Rathaus gearbeitet. Als mein Opa starb, hat Papa das Maler- und Anstreichergeschäft übernommen. Mama wohnte nun also mit Papa und Tante Katharina zusammen und arbeitete im Geschäft mit. Sie arbeitete gerne, es machte ihr Freude und sie war sehr beliebt. Sie war immer freundlich und zuvorkommend.

4 Jahre später, im Juni 1953, bin ich dann zur Welt gekommen. In Muttis Heimatdorf Steiningen in der Stube. Ich bin eine Hausgeburt. So wie mir Mutti manchmal erzählte, war die Geburt furchtbar schmerzhaft. Eine Periduralspritze gab es damals noch nicht in dem kleinen Dorf. Ich hatte eine schöne Kleinkindzeit, sehr liebevoll. Vier Jahre später kam dann mein

Bruder Josef zur Welt. In Daun im Krankenhaus. Mutti stand noch einen Tag vor Josefs Geburt im Laden und verkaufte Tapeten.

Ich habe mich sehr über meinen Bruder gefreut und allen Leuten, die am Geschäft vorbeigingen, erzählt, dass ich ein Brüderchen bekommen habe. Meine Kindheit mit meiner Familie in unserem Dorf war sehr schön. Mit 7 Jahren ging ich in die Volksschule in Kelberg und 1964 dann aufs Gymnasium nach Adenau. Dort habe ich 1970 die Mittlere Reife erworben. In Wiesbaden lernte ich den Beruf einer Arzthelferin und habe nach der Ausbildung in Daun in einer Praxis gearbeitet.

Weil ich in die weite Welt hinaus wollte, zog ich dann 1974 nach Münster. Auch hier arbeitete ich wieder in einer Praxis. Von 1976 bis 1978 besuchte ich die MTA-Schule in Münster.

3 Tage vor meinem Examen, am 11. August 1978, starb mein geliebter Vater mit 53 Jahren an den Folgen einer Darmerkrankung in den Unikliniken Bonn. Das war für mich ein furchtbarer Schlag und ich habe viele lange Jahre gebraucht, um darüber hinwegzukommen.

Mutti gab dann nach 2 Jahren das Geschäft auf. Es lohnte sich nicht mehr.

Dann bekam sie oft Besuch von Moritz. Er war aus dem Dorf und Witwer. Vor Jahren schon hatte er seine Frau verloren. Mutti und Moritz verstanden sich gut und mochten sich sehr. So haben sie dann 1982 geheiratet. Sie hatten eine ruhige, gute Ehe und haben viel unternommen. Im April 2003 ist Moritz an den Folgen eines Schlaganfalls mit 86 Jahren verstorben. Mutti war nun ganz alleine.

Am 13. Februar 2004 ist sie dann nach Münster gezogen. Ich hatte ihr eine schöne Wohnung im Mauritzviertel besorgt. 75 qm mit schönem Balkon. Zu den netten Hausbewohnern hatte sie guten Kontakt und wurde oft von ihnen zum Kaffee eingeladen. Sie hatte sich dort schnell eingelebt. Ich war so oft es ging bei ihr. Wir sind spazieren gegangen, haben zusammen gekocht, uns immer wunderbar unterhalten. Im Sommer fuhr sie immer einmal im Monat mit zu dem Ort, an dem ich seit 10 Jahren arbeite. Sie genoss das Zusammensein mit mir, sie liebte die Zugfahrten, wir hatten eine gute Zeit.

Am Freitag, den 13. August 2005, wir waren gerade mal wieder zurückgekehrt, zog Mama sich in der Nacht einen Oberschenkelhalsbruch zu und bekam einen Schlaganfall. Sie wollte aufstehen, zur Toilette gehen, da ist es passiert.

Sie war eine Woche auf der Schlaganfallstation der Unikliniken, dann eine Woche auf der neurologischen Station, anschließend wurde sie am Oberschenkelhals operiert und hat eine Endoprothese bekommen. Nach 2 Wochen wurde sie dann in die Reha-Klinik nach Bad Oeynhausen verlegt. Hier war sie dann weitere vier Wochen.

Anschließend kam sie wieder in ihre Wohnung zurück und erholte sich gut. Wenn sie raus ging, war sie nun mit einem Rollator unterwegs, in der Wohnung ging es auch ohne.

Wir haben wieder viel zusammen gemacht. Sind in die Stadt gefahren, gingen spazieren. Mutti war auch oft in meiner Wohnung in der Stadt, die Zeit war gut.

Im März 2008 hatte Mutti dann wieder TIA's also Durchblutungsstörungen im Kopf. Die

Ärzte in der Uniklinik meinten, Mutti dürfe nicht mehr alleine leben. Das wäre zu gefährlich. Da ich nur eine kleine, enge Dachwohnung ohne Lift, und Muttis Wohnung kein Zimmer für eine Pflegekraft hatte, musste ich mich auf die Suche nach einem Altenheimplatz machen. Dann sah ich mir einige an und dachte nur, oh wie furchtbar:

Kleine, dunkle Zimmer, lange dunkle Flure, auf denen die alten Leute in ihren Rollstühlen nebeneinandersaßen. Einfach schlimm. Ich dachte nur, nichts wie weg hier.

Als ich dann freitags bei meinem Zahnarzt im Wartezimmer saß, las ich in einem Gesundheitsheft von Münster die Adresse eines Altenheimes. Ich rief dort mit meinem Handy an und man teilte mir mit, dass ein schönes Zimmer frei wäre. Für Montag machten wir einen Termin.

Ich habe mit der Sekretärin gesprochen, mir das Zimmer mit Balkon angesehen und zugesagt. Es war ein schönes, helles Zimmer.

Nachdem Mutti aus der Uniklinik kam, zog sie gleich dort ein.

Am Anfang war es schwer für sie, aber nach ein paar Monaten hatte sie sich mit ihrem neuen Zuhause arrangiert. Es war ein schönes Altenheim, schöne Räume, hell, freundlich, mit schönem Café und vielen Veranstaltungen. Zweimal in der Woche gab es Musik, es wurde gesungen und viele Feste gefeiert. Mutti hatte in der Nacht von Donnerstag auf Freitag, den 12. auf den 13. März 2009, einen schweren Sturz im Badezimmer. Sie hatte in der Nacht geklingelt, aber da niemand kam, ist sie alleine ins Bad zur Toilette gegangen. So hat sie es mir später erzählt.

Die Klingel war nicht defekt. Das Kabel hätte nur in die Steckdose gesteckt werden müssen, erzählte mir später der Hausmeister.

Ich bin Donnerstagsabends, den 12. März, bis 22.00 Uhr bei Mutti gewesen. Ich habe die Klingel ausprobiert, sie funktionierte nicht. Dies teilte ich der Nachtwache (einer Medizinstudentin) mit. Sie sah nach und sagte mir dann, dass die Steckdose kaputt sei. Da könne man in der Nacht nichts machen. Mit schlechtem Gewissen fuhr ich nach Hause, konnte die ganze Nacht kaum schlafen und machte mir Sorgen. Am liebsten wäre ich um 2.00 Uhr wieder zu ihr gefahren. Aber ich dachte dann: Wie sieht das denn aus. Wäre ich nur hingefahren!

Mutti lag dann wohl die ganze Nacht mit furchtbaren Schmerzen im Badezimmer. Sie wurde erst morgens vom Frühdienst gefunden.

Sie hatte sich einen schweren Beckenbruch zugezogen. Die Pflegerin hat dann wohl den Notarzt gerufen, gegen 7.30 Uhr, und Mutti kam in ein nahegelegenes Krankenhaus. Man hat mich über den Vorfall nicht informiert, weder das Altenheim noch das Krankenhaus. Als ich um 8.00 Uhr morgens im Altenheim anrief, sagte mir die Pflegerin dann vage, was passiert sei. Später log sie und sagte mir, sie hätte mich ja angerufen. Als ich sagte, dass ich das telefonisch kontrollieren könne, gab sie kleinlaut ihre Lüge zu.

Von diesem Zeitpunkt an nahm das Schicksal seinen Lauf. Von da an ging's bergab.

Mutti kam in ein Krankenhaus, von dem ich gesagt hatte, dass sie nicht dorthin sollte.

Trotzdem ist man nicht meinen Anordnungen im Altenheim gefolgt und hat sie einfach dort eingeliefert. Ich hatte viel Negatives über das Krankenhaus gehört. Z. B. auch, dass dort im Frühjahr ständig die Noroviren herumschwirren würden. Es folgte nun ein Missgeschick nach dem anderen. Fehler wurden gemacht. Natürlich, aber das darf man ja nicht laut aussprechen oder schreiben. Jeder, ob Arzt oder Schwester, ist natürlich unschuldig und streitet alles ab. Arme Mutti. Ich habe diese Ärzte und Schwestern dort verflucht und verdammt, weil sie nachlässig und oberflächlich gehandelt haben. Aber hilft es mir weiter? Was passiert ist, ist vorbei. Aber vergessen werde ich es nie.

Wenn alles ordentlich gewesen wäre, ich fange beim Altenheim an, bin ich mir sicher, dass Mutti jetzt noch gut leben würde.

Die Leidtragende, das Opfer, war auf jeden Fall meine Mutter. Es wurden viele Fehler gemacht, aber nicht nur von den anderen, sondern auch von mir. Und so kann ich nur darum bitten, dass Gott uns allen verzeihen möge. Wir, die wir Fehlentscheidungen getroffen und falsch gehandelt haben.

Möge auch die Mama mir verzeihen.

Ich habe dieses vor einiger Zeit einem Priester erzählt. Er sagte mir, ich muss auch mir selbst verzeihen. Das ist das Schwerste. Natürlich habe ich große Schuldgefühle. Ich hätte mich mehr um Mutti kümmern müssen, mehr bei ihr bleiben müssen. Sie war doch alleine und fremd in Münster. Der Priester sagte, wir sind alle Menschen und wir sind nicht perfekt. Wir alle machen Fehler. Niemand ist vollkommen.

Sicherlich hat keiner etwas böswillig gemacht. Alle haben nur die Situation und den Ernst der Lage nicht richtig erkannt. Ich habe allen verziehen und ich versuche, mir auch zu verzeihen.

Als Mutti im Krankenhaus ankam, wurde sie geröntgt und es wurde eine Beckenringfraktur (Bruch) festgestellt. Als ich gegen 8.30 Uhr dort eintraf, ging es Mutti sehr schlecht. Die Schmerzen waren sehr stark.

Ein junger Chirurg meinte, sie solle dann im Krankenhaus bleiben, weil am Montag noch ein CT-Bauch gemacht werden sollte, um auszuschließen, dass sie innere Blutungen hätte.

Am Montag? Heute war Freitag und es war noch sehr früh. Also fragte ich, warum man damit so lange warten wollte.

Er erklärte mir, dass es freitags nicht mehr ginge und es hätte ja auch noch Zeit.

Ich fand das unglaublich.

Danach zählte ich die Medikamente auf, die Mutti bekam. Das ASS 100 zur Schlaganfallprophylaxe sollte sofort abgesetzt werden, wurde mir erklärt.

Ich hatte den Eindruck, dass mit Mutti sehr oberflächlich umgegangen wurde. Sie war ja auch schon 83 Jahre. Da ist das wohl alles nicht mehr so wichtig. Alte Menschen sind im Krankenhaus eben nur noch eine Belastung. Ein Arzt sagte einmal treffend: Ach wissen Sie, die alten Leute!

Ich bin bis um 11.30 Uhr bei Mutti geblieben und musste dann gehen, weil ich um 13.30 Uhr zu meiner Arbeitsstelle fahren musste. Ich arbeite weit weg von Münster und hatte an dem Freitagabend wieder Nachtdienst.

Das würde ich heute nie wieder machen. Ich habe meine Mutter ganz alleine gelassen. Die Arbeit war mir wichtiger als ihr Leben. Ich hatte Angst, dass, wenn ich meine Dienststelle anrufe und sage, dass ich nicht kommen kann, ich eine furchtbare Rüge bekommen würde. Dieses Verhalten kann ich mir niemals verzeihen.

Mein Mann fuhr auch mit mir weg, so war es geplant, mein Bruder kam erst Sonntag gegen Mittag.

Mutti bekam Samstagabend einen schweren Schlaganfall und niemand hatte ihn bemerkt. Als mein Bruder eintraf, war Mutti völlig apathisch. Er rief eine Schwester und fragte, was denn los wäre. Daraufhin sagte die junge

Schwester auf der chirurgischen Station: „Wir kennen Ihre Mutter doch gar nicht, wir haben gedacht, die ist immer so."

Es war unglaublich, was dort passierte. Ich sage heute, man darf einen alten Menschen niemals alleine in einem Krankenhaus lassen. Dann ist er verraten und verkauft. Nach 4 Stunden wurde dann endlich ein CT-Kopf gemacht. <u>Diagnose</u>: schwerer kompletter Schlaganfall, 1 bis 3 Tage alt. Arme Mutti! Sie kam dann auf eine internistische Station, wo es auch drunter und drüber ging.

Dort bekam sie dann auch noch einen schweren Norovirusinfekt, lag 10 Tage isoliert und zu allem Überfluss wurde eine schwere Lungenentzündung diagnostiziert.

Die letzte Woche ihres dortigen Aufenthaltes lag sie wieder mit einer Frau zusammen.

Einmal kam ich zu Mutti ins Zimmer und sie lag total nackt im Bett. Niemand hatte nach ihr gesehen oder sie einmal zugedeckt. Ich frage mich, wo bleibt da die Würde des Menschen. Was man in den Medien über dieses Krankenhaus liest, schildert immer nur die angenehmen, positiven Seiten und neue Erfolge. Wie die Wirklichkeit auf manchen Stationen aussieht, überforderte Ärzte, gleichgültiges, überfordertes Personal, darüber schreibt niemand.

Mutti ist als Folge des Schlaganfalles komplett erblindet und hatte ihr Kurzzeitgedächtnis verloren. Die Lähmungen in den Beinen gingen aber wieder zurück. Da niemand mit ihr Gehübungen machte und spazieren ging, saß sie seitdem im Rollstuhl.

Ich bat den zuständigen Arzt, eine Kur zu beantragen, welches er dann wohl auch gemacht hat. Jedoch wurde die Kur von der Krankenkasse abgelehnt. Leute über 80 Jahre bekommen wohl keine Reha mehr. So nach dem Motto: Der Aufwand lohnt sich nicht mehr. Die haben ja sowieso nur noch ein paar Jahre.

Ich finde so etwas sehr schlimm, dieses Verhalten der Krankenkasse, wo der Patient sein Leben lang seinen Beitrag monatlich eingezahlt hat.

Mutti ist dann ins Altenheim zurückgekehrt und das Desaster ging weiter. Die meisten dort hatten gar nicht kapiert, dass Mutti nun blind war, dass man ihr das Essen darreichen musste usw.

Erst als Mutti in die Pflegestufe 3 kam, wusste das Pflegepersonal, dass Mutti nun hilflos geworden war. Die meisten haben ihre Arbeit gut gemacht, vor allem die Wohnbereichs- und Pflegedienstleiterin haben sich Muttis angekommen. Aber leider waren diese nicht immer da. Und wenn sie Urlaub hatten, sind auch Dinge passiert, die nicht in Ordnung waren. Es gab leider auch dort schwarze Schafe unter dem Pflegepersonal. Ich bin, wenn ich in Münster war, fast jeden Tag bei Mutti gewesen. Wir haben dann versucht, das Beste aus allem zu machen. Es funktionierte alles ganz gut, wenn ich dort war, musste aber feststellen, dass dies nicht so war, wenn ich auf Arbeit war.

Also ging ich zur Krankenkasse und schilderte meine Erlebnisse. Ein Angestellter meinte dann, ein Altenheim in Münster hätte eine gute Pflegestation. Vielleicht sollte ich Mutti dorthin bringen. Dort ginge es ihr bestimmt besser. Nach langem Überlegen meldete ich sie dann an. Das Gespräch mit der Pflegedienstleiterin verlief sehr positiv und ich wollte doch nur das Beste für Mama.

Sie ist dann am 29. September 2009 dort eingezogen. Aber leider war es für Mutti überhaupt nicht das Richtige. Sie kam auf eine Pflegestation ohne Betreuung. Die Pflege war in Ordnung. Aber Mutti wollte Unterhaltung. Da sie nicht mehr sehen, aber gut hören und auch sprechen konnte, brauchte und wollte sie Unterhaltung haben. Leider, leider war sie dort völlig fehl am Platz. Sie saß alleine in einem Ruhesessel und niemand sprach mit ihr. Manchmal, wenn ich zu ihr kam, hörte ich sie schon von Weitem rufen. Hallo, hallo, ist denn hier niemand? Kann mir denn keiner helfen?

Ich sah einmal, wie eine Pflegekraft hoch erhobenen Hauptes an Mutti vorbeiging, als sie am Rufen war. Sie würdigte sie keines Blickes. Als sie mich dann kommen sah, ging sie schnell zurück und fragte: „Was kann ich für Sie tun, was haben Sie denn?"

Dieser Zustand ging über 10 Monate so. Die ersten Wochen wollte Mutti jeden Tag nach Hause, wenn ich kam. Ich hätte Mutti in das erste Altenheim zurückziehen lassen können. Die Pflegedienstleitung war sehr nett und verständnisvoll, als ich ihr die Situation schilderte. Aber ich selbst war völlig überfordert. Ich hatte mit meinem Mann gerade erst den Umzug gemacht (Mutti hatte viele Kleider und schöne Möbel) und nun schon wieder ein Umzug zurück. Dann musste ich ja auch immer wieder zum Arbeiten fahren. Ich war oft sehr erschöpft. Ich bin dann einfach nur froh gewesen, wenn ich bei Mutti war und alles war gut.

Zwischendurch musste Mutti dann zwei Mal ins Krankenhaus. Einmal, im Oktober 2009, hatte sie nur noch einen Puls von 30 und eine Digitalisüberdosierung. Als ich von der Arbeit kam und Mutti am nächsten Tag besuchte, lag sie nur noch in ihrem Bett und rührte sich nicht mehr. Ich dachte, oh mein Gott, was ist denn hier los. So kannte ich Mutti ja gar nicht. Ich habe dann die Einweisung ins Krankenhaus organisiert. Dort ging es ihr dann schnell wieder besser.

Ich habe in den nächsten Monaten ehrenamtliche Frauen und auch 2 Bekannte gefunden, die sich dann um Mutti betreuerisch gekümmert haben, wenn ich nicht da war. Ich glaube, Mutti wäre sonst vor Einsamkeit eingegangen.

Sie war immer eine sehr lebensfrohe, aktive Frau, diese Einsamkeit auf der Pflegestation konnte sie kaum ertragen.

Dann musste sie im Frühjahr 2010 nochmals ins Krankenhaus wegen einer Blasenentzündung mit starken Schmerzen. Im Krankenhaus sagte die Ärztin dann, ach ja, Blasenentzündung ist eine typische Altenheimerkrankung. Die Leute bekommen nicht genug zu trinken, die Vorlagen werden zu wenig gewechselt. Die Menschen sitzen dann den ganzen Tag in nassen Pampers herum, verschmiert mit Stuhlgang, wenn der Po nicht richtig abgeputzt wurde. Ein idealer Nährboden für Colibakterien, die meistens eine Blasenentzündung hervorrufen.

Ich habe Mutti oft die Vorlagen gewechselt und dieses leider oft feststellen müssen. (Einfach ekelhaft.) Aber wenn ich dem Personal etwas gesagt habe, bekam ich nur patzige Antworten. So nach dem Motto: Sie können ihre Mutter ja woanders hintun.

Überhaupt kommt man gegen das Personal nicht an. Sie wissen und können alles besser. Fehler machen sie nie. Ich habe mit vielen Angehörigen gesprochen und alle waren unzufrieden. Aber alle haben gesagt, was sollen wir denn machen. Ein erneuter Umzug ist den Leuten zu unbequem, genau wie mir, muss ich traurigerweise gestehen. Und das wissen natürlich die Pflegeleiter und -kräfte erfahrungsgemäß ganz genau. Also bleibt alles beim Alten. Wer darunter leidet, sind die alten Menschen, genau wie meine Mutter.

Ich bin, wenn ich frei hatte, meistens 2, 3, 4 Stunden täglich bei Mutti gewesen. Wir sind im Sommer spazieren gefahren, sie saß ja im Rollstuhl. Mutti hätte auch gehen können. Aber dazu brauchte sie rechts und links eine Person neben sich. Wir haben zusammen Kaffee getrunken, Kuchen gegessen, wir haben viel erzählt von früher (das wusste meine Mutter noch alles), auch in der Gegenwart war Mutti voll orientiert. Wir haben uns immer gut und adäquat unterhalten. Sie freute sich mit mir und sie war traurig und versuchte mir zu helfen, wenn ich Probleme hatte, z. B. wenn ich mich über meinen Mann geärgert hatte. Mutter war bescheiden, tapfer, gütig und voller Liebe. Sie war blind, saß im Rollstuhl, hatte auch öfters Sprachstörungen, aber nicht immer. Sie hat nie geklagt. Wenn sie Besuch bekam, hatte sie immer ein Lächeln auf den Lippen. Mama freute sich über jedes Wort, das man mit ihr sprach.

Ich musste wieder für 5 Nächte zum Arbeiten wegfahren. Am Montagabend, 26. Juli, kam ich nach Münster zurück. Am Dienstag, den 27. Juli war ich wieder bei Mama. Sie freute sich wieder riesig. Liebje, Liebje, gut, dass du wieder da bist, sagte sie dann und wir kuschelten und umarmten uns.

Mittwoch, 28. Juli, war ich wieder bei Mama, alles war gut. Donnerstagnachmittag war eine Bekannte bis gegen Abend bei ihr, ich habe eine Freundin besucht. Freitag, 30. Juli gegen 16.00 Uhr war ich wieder bei Mama. Es ging ihr gut, sie sah gut aus, konnte gut sprechen, und als ich sagte, Mami, bist du auch warm angezogen, sagte sie, ja, aber du Annelie, du bist zu dünn angezogen. Ganz erstaunt fragte ich, Mama, kannst du mich denn sehen und sehen, was ich anhabe? Ja, sicher, meinte sie dann, du hast einen dünnen Pulli an. Ich war glücklich wie lange nicht mehr. War ein Wunder geschehen? Mutti ging es so gut (natürlich den Umständen entsprechend). Wir sind wieder spazieren gefahren, haben Lieder gesungen (alte Schlager, wie z. B. das Kufsteinlied oder Seemannslieder, z. B. von Lale Andersen oder Freddy, aber auch die Lieder von den Amigos mochte sie sehr). Um 17.10 Uhr waren wir dann in einem Restaurant und Mutti bekam eine schöne warme Tomatencremesuppe mit Brot. Sie schmeckte ihr sehr gut und bei mir hatte Mutti auch immer großen Appetit. Anschließend sind wir dann zur Pflegestation in den Essraum gegangen. Dort gab es dann auch Tomatensuppe.

Die war natürlich schon halb kalt, aber Mutti hatte so einen großen Hunger, dass sie diese dann auch noch aß. Dann fuhren wir auf den Fluren umher und waren anschließend in ihrem Zimmer. Wir haben eine CD von den Amigos gehört, uns unterhalten, es war sehr schön.

Gegen 19.00 Uhr kam dann eine nette Pflegerin und brachte Mutti zu Bett. Wir haben dann das Nachtgebet zusammen gesprochen, noch etwas geredet, ich gab ihr einen dicken Kuss und bin dann gegen 19.30 Uhr nach Hause gegangen. Morgen Nachmittag bin ich wieder da, hatte ich noch beim Hinausgehen gesagt.

Samstag, 31. Juli 2010

Am Nachmittag ist von 15.00 Uhr bis 17.00 Uhr eine Bekannte bei Mutti gewesen. Ich dachte, wenn ich so um 17.10 Uhr da bin und bis abends bleibe, dann ist das ok.

Ich traf mich mit einer alten Bekannten von 15 bis 16.40 Uhr in der Stadt. Dann ging ich gemütlich zu Mutti. Ich dachte, es geht Mutti so gut, da kommt es auf ein paar Minuten nicht an. Um 17.10 Uhr betrat ich die Pflegestation. Zuerst ging ich in ihr Zimmer, um ein paar Sachen abzustellen und mir die Hände zu waschen. Es war nun schon 17.20 Uhr und ich wollte zu Mutti, um ihr beim Abendessen zu helfen.

Plötzlich ging die Zimmertür auf und eine Pflegerin brachte Mutti im Eiltempo hinein. Sie saß zusammengesunken im Rollstuhl. Ich rief ganz laut nach ihr und sie antwortete mit fester Stimme: Ja. Dann wurde sie bewusstlos. Ich dachte, oh mein Gott, ein Schlaganfall. Es kam eine Pflegerin dazu. Mutti wurde aufs Bett gelegt.

Nach 10 Minuten war der Notarzt mit den Sanitätern da. Sie hatte einen Blutdruck von 240/120 mmHg, bekam Sauerstoff und es wurde ein Zugang für die Kochsalzlösung gelegt.

Dann wurde Mutti in die Unikliniken Münster auf die Stroke Unit verlegt. Sie hatte einen schweren dritten Schlaganfall erlitten, die komplette rechte Gehirnhälfte war, so wie die Ärzte sagten, fast vollständig abgestorben. Mutti war links komplett gelähmt, sie konnte nicht mehr schlucken, nicht mehr sprechen und schlief die meiste Zeit.

Am Sonntag, den 1. August 2010, ist Mutti noch einmal kurz wach geworden. Ich stand am Fußende des Bettes. Plötzlich schlug sie die Augen auf, und sah mich mit ihren wunderschönen großen grünen Augen an. Ich rief

Mama. Mit letzter Kraft, wie aus der Tiefe kommend, sagte Mutti: Jaaaa. Dann schlief sie ein und ist nicht mehr aufgewacht.

Sie bekam montags eine Magensonde durch das linke Nasenloch, sie bekam Sterofundin mit ihren Medikamenten und eine Sauerstoffbrille. Von da an bin ich, außer nachts, die meiste Zeit bei ihr gewesen. Ich habe alle Kräfte in mir mobilisiert und versucht, alles zu geben.

Ich war morgens, mittags, abends bei Mutti. Ich habe viel mit ihr gesprochen. Gerufen: Mutti, du musst wieder gesundwerden, Mama, mach' die Augen auf.

Ich konnte machen und tun, was ich wollte, Mutti reagierte nicht.

Ab Montag bekam sie dann auch Morphium, damit sie keine Schmerzen haben sollte. Sie lag dann auch ganz ruhig und entspannt im Bett.

Die Schwester sagte mir, das ist so üblich auf der Intensivstation. Wenn es bei dem Menschen keine Rettung mehr gibt, soll er nicht unnötig leiden. Wenn es wirklich keine Rettung mehr gibt, finde ich, ist das in Ordnung. Die Dosierung war auch minimal, sodass die Atmung nicht darunter litt. Allerdings hat Mutti nun nur noch geschlafen. Vielleicht wäre sie ohne Morphium noch einmal wach geworden. Wer weiß es.

Dienstagsnachmittag blühte Mutti dann noch einmal richtig auf. Sie sah auf einmal aus wie eine junge Frau. Die Wangen waren voller und rosiger. Sie lächelte, so als hätte sie einen wunderschönen Traum. Ich sagte, Mama, du siehst so schön aus, Mama. Aber sie machte ihre Augen nicht auf und rührte sich nicht.

Ich habe abends dann meinen Bruder Josef in Kerpen angerufen und ihm gesagt, wie es um Mutti steht. Josef kam Mittwochnachmittag und hat sich von ihr verabschiedet. Er konnte es gar nicht glauben und war wie versteinert. Mutti ist zäh, das wird schon wieder. Ich sagte, Josef, dieses Mal wird sie es nicht schaffen.

Donnerstags ging es Mutti dann zusehends schlechter. Sie bekam schlecht Luft und röchelte. Dieser Zustand war für mich kaum zu ertragen. Ich bekam abends einen Schreianfall und musste eine Beruhigungstablette nehmen. Die Hausärztin hatte mir montags, als ich bei ihr war und fast zusammengebrochen wäre, eine Packung Insidon-Tabletten zur Beruhigung im Notfall mitgegeben. Sie hatte mich auch für eine Woche krankgeschrieben. Ich war in diesen Tagen ganz alleine hier. Das war sehr schwer für mich.

Die Ärzte sagten mir, dass es in den nächsten Tagen zu Ende gehen würde. Sie sagten auch, dass sie nicht intubieren und reanimieren. Sie fragten mich, möchten Sie, dass Ihre Mutter gefangen in ihrem Körper dort liegt? Können Sie das verantworten? (Mutti hatte keine Patientenverfügung.) Ich habe heute manchmal noch zwiespältige Gefühle. Wäre Mutti intubiert und reanimiert worden, hätte sie noch länger leben können, vielleicht. Wenn ein geliebter Mensch geht, zählt eigentlich jeder Tag, an dem er noch da ist, noch lebt. Andererseits müssen wir den Menschen in Würde gehen lassen. Wenn der Zeitpunkt bei einem geliebten Menschen gekommen ist, wenn Gott ihn ruft, dann müssen wir loslassen. Das ist sehr schwer.

Freitags bekam Mutti dann die Sauerstoffmaske, die Blutwerte hatten sich stark verschlechtert, die Nieren taten kaum noch ihren

Dienst. Als ich mittags kam, wusste ich, dass es passieren würde. Ich habe viel zu ihr gesprochen, ich habe Mutti alles erzählt, was ich noch sagen wollte, ich habe ihr auch gesagt, dass ich sie nun gehen lasse. Aber auch, dass ich immer bei ihr und dass sie immer bei mir ist, in meiner Seele. Ich habe ihr gesagt, dass sie nun bald bei Gott sei, dass sie ihre Eltern wiedersehen würde, dass sie meinen Papa und Stiefvater sehen wird und ihre lieben Geschwister, die schon vorausgegangen sind. Ich habe ihr versprochen, dass ich auf mich aufpasse, dass ich mich gesund halten werde, dass ich Liebe geben und bekommen will und ich habe gesagt, Mama, vielleicht habe ich ja auch noch Glück und Erfolg. Ich habe ihr gesagt, Mama, dein Kind ist immer bei dir und du, Mama, bist immer bei mir. Und ich will gesunde, gute 80 Jahre alt werden. Und wenn Gott es will, liebe

Mama, werde ich dann ganz zu dir kommen, und wir werden uns dann wiedersehen, wir alle zusammen. Aber das sind noch 23 Jahre. Und ich will einen guten Weg gehen. Dann habe ich noch gesagt, Mama, dein Kind muss nun erwachsen werden.

Plötzlich sehe ich aus Muttis linkem Auge eine Träne laufen. Vielleicht hat Mama mich ja gehört.

Gegen 19.00 Uhr bekommt sie hohes Fieber. Der Körper fühlt sich ganz heiß an. Ich rufe eine Schwester, die Fieber misst: 41,1 Grad Celsius. Sie bekommt ein fiebersenkendes Medikament in die Infusion hineingespritzt. Ich mache alle 15 Minuten Wadenwickel und lege immer wieder einen kalten Waschlappen auf die Stirn. Langsam geht die Temperatur etwas zurück.

Ich nehme Muttis Hand, streichle ihr Gesicht und nehme sie in meine Arme. Ich sehe sie immer an. Manchmal rede ich leise zu ihr, manchmal schweige ich. Wir sind zusammen.

Gegen 22.00 Uhr wird Muttis Atmung nun ganz ruhig. Ich denke, nun schläft Mutti aber schön ruhig und entspannt. Ich gehe von der linken Bettseite auf die rechte Bettseite, halte ihre rechte Hand und sehe Mutti immer an. Das Gesicht unter der Sauerstoffmaske.

Mutti hat nur noch einen Puls von 20, der Sauerstoffwert und der Blutdruck sinken. Plötzlich atmet Mutti nicht mehr. Ich dachte, oh, das ist ein Atemaussetzer, wie sie in der Woche öfters einen hatte. Es dauerte ein wenig, Mutti hat immer noch nicht geatmet. Ich rief die zuständige Schwester. Als sie kam und Mutti ansah, sagte sie nur: Sie ist tot.

Mama ist am 6. August 2010 um 22.15 Uhr im Alter von 84 Jahren von mir gegangen. Um 22.15 Uhr hat sie ihren letzten Atemzug getan. Mutti, was ist passiert? Es kann doch gar nicht sein. Mutti, wo bist du? Es war, als ob die Welt stehen bliebe. Ich konnte in dem Moment nicht weinen. Es war so viel Feierlichkeit, Ehrfurcht und Respekt da und unendlich viel Liebe. Ich habe nur noch gesagt, Mama, nun bist du bei Gott. Es ist alles gut, Mama.

Ich kämmte ihr die Haare, rieb das Gesicht mit Freiölcreme ein und auf die Lippen gab ich einen rosigen Labellostift. Die Schwester hatte meinen Bruder schon verständigt.

Dann ging ich für 10 Minuten raus, damit die Schwester meine Mutter von ihren Schläuchen befreien konnte. Sie hatte eine Kerze angezündet, das große Licht ausgemacht.

Ich bin dann mit Mutti bis 24.00 Uhr alleine geblieben.

Kurz danach kamen mein Bruder Josef und seine Frau. Wir waren alle sehr, sehr traurig und konnten es eigentlich gar nicht begreifen, was passiert war. Um 1.30 Uhr fuhren wir schließlich nach Hause. Ich blieb bei meinem Bruder. Allein hätte ich das nicht ertragen können. Mein Mann war die ganze Zeit über nicht da.

Samstags bin ich dann wieder nach Münster gefahren. Es musste vieles erledigt werden. Ich konnte Mutti dann in der Woche darauf jeden Tag im Beerdigungsinstitut besuchen. Sie hatte ihre Lieblingskleidung an, ihre schöne rosafarbene Strickweste, weiße Bluse, Schal, ihre schönsten Socken, eine schwarze Hose, die guten schwarzen Schuhe und sie lag dort, weich gepolstert und warm zugedeckt, so, als würde sie schlafen. Tief und fest, Mama, ganz friedlich und bei Gott. Bei Mama schien die Zeit nun stillzustehen. So habe ich mit Mutti gesprochen, sie umarmt und gestreichelt. Ich bin dankbar für diese Woche, in der ich mich nochmals von ihr verabschieden durfte.

Am Freitag, den 13. August 2010, ist Mutti dann zu Grabe getragen worden, im engsten Familienkreise. Die Sonne schien, so als wollte Mutti uns sagen: Seid glücklich, ich habe es nun geschafft, seid nicht traurig und weint nicht, wir sehen uns ja wieder.

Der Pfarrer hielt eine Rede am Sarg, die Messe war schön, er hat Wunderbares über Mutti erzählt. Das Schlusswort der Rede: Man sieht nur mit dem Herzen gut. So war es bei Mutti die letzten 1 ½ Jahre wohl auch gewesen.

Dieses ist nun schon fast 2 ½ Monate her. Ich bin bei Mutti und Mutti ist bei mir. Sie stärkt mich, beschützt mich, spricht zu mir und gibt mir Kraft und Energie für mein weiteres Leben. Sie sagt mir, was ich machen soll, sie mag es gar nicht, wenn ich so viel weine, sie möchte, dass es mir gut geht, dass ich gesund bin, fröhlich bin, eine gute Ehe führe, mich mit meinem Bruder gut verstehe und dass ich das Beste aus mir mache. Sie will, dass ich Glück und Erfolg habe, dass ich Liebe bekomme und Liebe geben kann und Gutes tue.

Mama, es ist nicht einfach, aber mit deiner Kraft und Liebe und Gottes Beistand und Hilfe werde ich es schaffen. Ich will einen guten Weg gehen. Momentan fällt es mir oft noch sehr, sehr schwer. Ich bitte um Gottes Hilfe Tag für Tag.

Für alle zum Trost, denen es ähnlich erging. Dass auch Sie alle es schaffen, einen guten Weg zu gehen und Kraft zu finden.

Meine Arbeitskolleginnen haben mir eine Beileidskarte mit einem Spruch gesendet, der mir gefallen hat:

Der Albatros, der Albatros schwingt seine Flügel über die 7 Weltenmeere. Er findet einen Regenbogen und setzt sich hinein. Er fühlt sich wohl und geborgen. Er geht uns nur voraus.

Mittlerweile ist es Ende Oktober. Ich habe lange Urlaub und bin zu Hause. Ich gehe jeden Tag zu Muttis Grab und schaue nach, dass alles schön aussieht. Ich spreche mit ihr, erzähle ihr alles und bitte sie jeden Tag um Kraft und Energie. Zwei Laternen stehen auf dem Grab und es brennt immer eine Kerze, die für Mutti in der Dunkelheit leuchtet.

Allerheiligen, 1. November 2010

Heute Nachmittag geht nun auch mein Mann mit zum Friedhof trotz dicker Erkältung. Ich habe das Grab mit Erikablumen und Schneeheide bepflanzt, und da, wo die Erde zu sehen ist, habe ich kleine Tannenzweige hingelegt. In einer Vase blüht ein frischer Herbststrauß.

Am Holzkreuz steht eine kleine Tafel aus Ton. Darauf steht: Die Liebe ist stärker als der Tod – für meine liebe Mama.

Es herrscht ein reges Treiben auf dem Friedhof. Viele kaufen Gestecke und schmücken die Gräber damit. Ein Priester hält eine Andacht an einem großen Kreuz im Freien. Viele Menschen, auch mein Mann und ich nehmen daran teil. Die Predigt ist sehr traurig und ich muss wieder weinen. Mutti, nun bist du auch im Grab. Einfach so. Niemals habe ich gedacht, dass alles so schnell kommen würde. Es ist nun fast 3 Monate her, seit es passiert ist. Ich bin immer bei dir und du bist immer bei mir. Begreifen, verstehen kann ich es nicht. Ich kann es nur hinnehmen und muss es akzeptieren.

Die Tage werden nun kürzer, es ist um 17.30 Uhr schon dunkel. Ich muss mich jeden Tag beeilen, dass ich vor Einbruch der Dunkelheit bei dir bin, Mama. Wenn es dunkel wird, wird das Friedhofstor geschlossen.

Dein Grab sieht wunderschön aus. Geschmückt mit roten Eriken, die von der Kerze in der Laterne angestrahlt werden. Ich denke oft, dass ich bei dir bleiben muss, am Grab. Ich will dich nicht alleine lassen, Mama. Aber die Vernunft lässt mich dann doch gehen. Und so bin ich am Abend wieder zu Hause. Sehe mir deine Fotos an, auf denen du mir zulächelst und mir sagst: Annelie, sei nicht traurig, ich bin doch bei dir und lebe in dir weiter. Bleibe gesund, liebe und werde geliebt, habe Glück und Erfolg. Annelie, mir geht es gut, sorge du jetzt für dich.

Ja, Mama, ich werde alles versuchen, damit du zufrieden und stolz auf mich bist.

Es gibt Tage, an denen ich stark bin, es gibt Tage, an denen ich schwach bin. Aber wir alle, denen es so oder so ähnlich ergeht, wir alle werden es schaffen.

Wir werden weiterleben und unsere Lieben wiedersehen. Aber jetzt, jetzt ist die Zeit für uns zum Leben. Und wir werden es schaffen.

Heute nun, Mittwoch, 24.11.2010, fahren mein Mann und ich für eine Woche in die Türkei, in die Nähe von Side. Es war ein Schnäppchen in der Nachsaison, nächste Woche schließt das Hotel und erst im Frühjahr macht es wieder auf. Das machen hier viele Hotels so. Im November, Dezember wird es hier auch kälter.

Nach 3 ¼ Stunden sind wir gut in Antalya gelandet. Von dort aus ging es dann mit einem Bus weiter nach Side. Die Fahrt dauerte fast zwei Stunden. Hinter mir saßen vier Leute, die ständig am Husten waren. Fürchterlich. Das Hotel ist ok, Zimmer mit Blick aufs Meer. Leider ist das Meeresrauschen so stark, dass ich nachts überhaupt nicht schlafen kann. Ich habe mir eine dicke Erkältung geholt. Natürlich haben diese Leute im Bus mich angesteckt. Und ich bin sauer, äußerst sauer. Meine Nase ist verstopft, ich kaufe mir Medikamente in der Apotheke hier für 17 Euro. Da es mir zu Hause gut ging, habe ich natürlich im Traum nicht an eine Erkältung gedacht.

Der Urlaub ist sehr ruhig und unspektakulär. Wir gehen morgens, mittags und abends zum Essen, unterhalten uns mit den Frauen am Nachbartisch.

Ich fühle mich allerdings sehr schlecht. Mein Kopf dröhnt, meine Nase läuft, nun habe ich auch noch den Husten. Ich kann nicht viel mit meinem Mann unternehmen, da ich so schlapp bin. Das ist ein toller Urlaub! Vom ersten bis zum letzten Tag krank. Von den Tropfen bekomme ich nun auch noch Magenschmerzen und ich werde von Übelkeit geplagt.

Heute Nachmittag sind wir nun mit einem Dolmusch (das ist so eine Art Sammelbus, man kann mit ihm sehr preiswert irgendwo hinfahren) nach Side-Stadt gefahren. Man kann ihn einfach unterwegs an der Straße anhalten.

Wir sind nun ca. 2 Stunden in der Stadt gewesen, haben uns alte Ruinen angesehen, haben am Hafen in einem kleinen Café Kaffee und Granatapfelsaft getrunken. Side ist eine nette Stadt mit vielen Geschäften, Cafés und Restaurants. Leider fühle ich mich erkältungsbedingt nicht gut.

Eigentlich wollten wir zum Hotel zurück spazieren, da ich so schlapp bin, nehmen wir dann aber doch wieder einen Dolmusch zurück.

Wir sind wieder im Hotelzimmer, mein Mann setzt sich auf den Balkon, ich trinke einen Kamillentee, mein Mann einen Kaffee. Ich setze mich aufs Bett und fühle mich plötzlich wieder sehr, sehr traurig und sehr einsam und alleine. Ich weine und weine, ich gehe ins Badezimmer, mein Mann darf meine Tränen nicht sehen. Ich liebe ihn und muss stark sein. Aber es fällt mir sehr schwer. Mutti fehlt mir unendlich. Natürlich sage ich mir, dass sie in meiner Seele ist, sie lebt in mir weiter, ich spreche mit ihr, täglich, manchmal stündlich. Ich bin hier weit weg von zu Hause, kann hier nicht an Muttis Grab gehen. Die Kerze, die ich am Dienstagnachmittag in der Grablaterne angezündet habe, ist nun heute Nachmittag abgebrannt, es war eine Kerze, die vier Tage brennt. Ich schließe die Augen und bin in Gedanken an Muttis Grab. Ich sehe die schönen Erikablumen, die Schneeheide, die Grablaterne, den Kranz mit der Schleife daran. Anfang Dezember wird das Grab eingefasst und es kommt ein schöner Grabstein darauf. Er ist liegend. Auf ihm steht Muttis Name und die üblichen Daten.

Links neben dem Namen ist eine Rose aufgesetzt, darunter ist ein kleines Foto von Mutter und mir in den Stein eingesetzt worden. Es soll immer an eine schöne, glückliche Zeit erinnern.

Ja, in der ersten Dezemberwoche verändert sich das Grab also etwas. Es wird auch blumenmäßig neugestaltet. Der Kranz mit den Schleifen kommt natürlich weg. Die Farbe ist nun nicht mehr grün, sondern hat ein herbstliches braun angenommen.

Meine Gedanken sind nun wieder im Hotelzimmer. Mein Mann macht den Fernseher an, wir sehen uns eine Sendung an. Es sind wieder zwei Kinder ermordet worden, in Bodenfelde, 13 und 14 Jahre alt. Die Mutter ist verzweifelt, die Familie untröstlich.

Heute ist Maria Hellwig im Alter von 90 Jahren gestorben. Die große Dame der Volksmusik. Vor ein paar Wochen ist Loki Schmidt mit 91 Jahren gegangen. Zurück bleiben in tiefer Trauer ihr Mann und ihre Tochter. Heidi Kabel ist dieses Jahr verstorben, mein Onkel im Juni, der Vater meiner Schwägerin mit 85 Jahren im Sommer plötzlich und unerwartet, wie aus heiterem Himmel. So viele Menschen sterben Tag für Tag, abends und in der Nacht.

Babies sterben, Menschen in der Blüte des Lebens, alte Menschen gehen nach einem langen Leben von uns. Aber es ist immer zu früh. Es ist immer furchtbar, unverständlich, nicht zu fassen, wenn wir einen geliebten Menschen verlieren. Mir hilft jetzt im Moment das Schreiben meiner Gedanken, es hilft, aber nur ein wenig.

Jetzt kommt bald die Adventszeit, dann Heiligabend und die Weihnachtstage. Dieses Jahr ist alles anders. Ich brauche Mama keine Plätzchen, keinen Nikolaus aus guter Schokolade mehr zu kaufen. Ich brauche ihr Zimmer im Altenheim nicht mehr weihnachtlich zu schmücken. Einen kleinen Tannenbaum brauch ich nicht mehr in ihr Zimmer zu stellen und schön zu behängen mit bunten Kugeln.

Sie konnte dieses zwar alles nicht mehr sehen, aufgrund ihrer Blindheit, aber ich versuchte immer, für eine schöne weihnachtliche Atmosphäre zu sorgen. An Heiligabend war immer alles besonders schön, überhaupt an den Weihnachtstagen. Mutter war natürlich sehr traurig, dass sie alles nicht mehr sehen konnte, aber sie ließ es sich niemals anmerken. Mir sind oft die Tränen gekommen und Mutter war dann ganz betrübt. Sie fragte dann: Annelie, was hast du denn? Sei nicht traurig. Sie wollte nicht haben, dass ich weinte, weil sie dann auch traurig wurde. Dieses Jahr nun, 2010, feiern wir das erste Mal das Weihnachtsfest ohne meine Mama. Da ich keine Kinder habe, meine Freundinnen sind weggezogen, meine Verwandten wohnen weiter weg, mein Bruder feiert mit seiner Frau, bin ich nun mit meinem Mann ganz alleine.

Eine Bekannte sagte neulich zu mir, Annelie, du hast doch deinen Mann, sei dankbar dafür. Genieße jetzt dein Leben mit ihm. Genieße und schätze die Zeit mit ihm. Sei dankbar und lebe in der Gegenwart. Wir wissen nie, wie lange wir jemanden haben.

Die Zeit mit unseren Lieben, die noch da sind, müssen wir genießen und zu schätzen wissen. Wir müssen Gott danken für die Zeit, die wir mit ihnen haben. Auch ich muss demütig und bescheiden werden. Mama ist jetzt bei ihren Lieben in einer anderen Welt. Ich bin hier und muss mich um mich und meine Lieben besonders kümmern. Mit Nachsicht, mit Geduld und auch verzeihen.

Ich hatte vor einigen Wochen eine starke Auseinandersetzung mit einer langjährigen Bekannten. Auch ihr will ich verzeihen.

Ich hoffe nun, dass ich, dass wir alle ein gesundes, friedliches, besinnliches und auch liebevolles Weihnachten 2010 feiern werden. Ich hoffe und glaube, dass unsere Lieben, die von uns gegangen sind, trotzdem bei uns sind, in unserer Seele und dass sie uns trösten und Beistand geben.

Falls, wenn dieses Büchlein erscheint und vielleicht gelesen wird, haben wir schon 2011 und alles geht irgendwie weiter.

Es werden Millionen von Tränen geweint werden, auch von mir, aber es geht immer weiter. Möge Gott uns beschützen und auf den rechten Weg führen.

Ich sage jetzt so ähnlich wie Scarlett O'Hara im Film „Vom Winde verweht": Ach, ich will jetzt nicht mehr weiterdenken, nein, ach, verschieben wir es doch auf morgen.

Heute, 28.11.2010, haben wir den 1. Advent. Es ist hier sehr warm in Side. 25°C im Schatten, blauer Himmel, Sonnenschein. Mir geht es sehr schlecht. Husten, Schnupfen, Übelkeit, ich bin sehr schlapp und liege fast den ganzen Tag im Bett. Mein Mann geht spazieren oder er sonnt sich im Garten. Ich denke heute wieder den ganzen Tag an Mutter, bin unendlich traurig und weine sehr viel.

Ich habe heute Mittag ein wenig im Restaurant gegessen und bekam wieder einen Weinanfall. Mein Mann sah mich nur an, sonst hat es niemand bemerkt. Heute Nachmittag habe ich gedacht, dass ich es ohne Mutti nicht schaffe. Mein Mann kommt ohne mich zurecht, er ist sehr selbstständig, mein Bruder ist gut verheiratet. Welchen Sinn hat mein Leben ohne Mutti? Meine Gedanken gehen wieder zurück, ich denke daran, was alles mit Mutti passiert ist, seit dem 13. März 2009. Seit sie blind wurde. Ich habe schlimme Schuldgefühle. Warum habe ich alles falsch gemacht? Vieles ist passiert, weil ich mich falsch verhalten habe. Nur deshalb ist Mutti nicht mehr bei mir, nicht mehr in diesem Leben. Es ist furchtbar. Ich weiß nicht, was ich machen soll. Ob und wie ich es schaffe, ich weiß es nicht. Was will ich den Menschen mitteilen, was will ich einem Menschen sagen, der das Allerliebste verloren hat? Was soll er machen? Wie soll er damit umgehen?

Ich denke, jeder Mensch empfindet den Tod eines geliebten Menschen anders.

Ich war bei einem Vortrag, den zwei Referenten hielten. Das Thema war: Trauern und Tod. Es waren 12 Frauen dort im Alter von ca. 55 bis 75 Jahren. Jede von ihnen hatte einen geliebten Menschen verloren. Sie waren traurig, verzweifelt, deprimiert und fühlten sich alleine gelassen. Sie alle haben gehofft, dass der Vortrag sie weiter bringen könne. Sie haben gehört, dass es anderen Menschen ähnlich ergeht, die Referentin erzählte von Schicksalen aus der eigenen Familie.

Es findet nun Ende November auch eine Trauergruppe statt. Manchmal ist es gut, wenn Menschen dorthin gehen. Manchmal ist es gut, zu einem Psychologen zu gehen, wobei die Wartezeiten dort sehr lang sind. Und, ich finde, wenn man 3 Monate auf einen Platz warten muss, das ist einfach viel zu lange. Wenn ich jetzt Probleme habe, wenn letzte Woche ein geliebter Mensch verstorben ist, brauche ich jetzt Hilfe und nicht erst in 3 Monaten.

Wenn ein Mensch in allergrößter Not ist, egal wie alt, ob 20 oder 80 Jahre alt, sollte er, wenn er in einer größeren Stadt lebt, immer die Krisenhilfe anrufen. Dort sind ehrenamtliche Mitarbeiter, die sich sehr wohlwollend um die Menschen in Not bemühen. Ich spreche aus eigener Erfahrung. Ich bin in allergrößter Not dorthin gegangen und eine Mitarbeiterin hat mir geduldig zugehört. Zwei Stunden lang. Ich durfte alles erzählen. Ich durfte reden, ich durfte weinen. Sie hat mich getröstet und mir mit wenigen Worten Mut gemacht. Ich bin dort 5 Mal hingegangen, so lange, bis es mir ein wenig besser ging.

Danke im Nachhinein.

Wenn ein Mensch gläubig ist, kann er auch zu einem Pfarrer oder Priester gehen. Den gibt es im Dorf und auch in der Stadt. Auch dieses habe ich immer wieder gemacht. Der Priester, der bei Muttis Beerdigung die Messe hielt, hat mir sehr geholfen. Er hat mich mit seinen Worten gestärkt und er hat mir Mut gemacht, Mut zum Weiterleben. Er hat für mich gebetet und ich habe Kraft bekommen.

Ich denke, wenn die erste schlimme Zeit vorbei ist und man hat viel Freizeit, sollte man vielleicht daran denken, für einen Mitmenschen Gutes zu tun. Z. B. einmal eine Stunde in der Woche einen einsamen alten Menschen in einem Altenheim besuchen.

Wir müssen uns der Außenwelt zuwenden und auch für unsere Mitmenschen da sein. Wir sollten einfach mit den Menschen reden, ihnen zuhören und wir sollten versuchen, Gutes zu tun. Wenn Sie Gutes tun, bekommen Sie immer etwas Gutes zurück und sei es nur ein Danke oder ein Lächeln.

Es gibt natürlich auch Menschen, die im Arbeitsleben stehen, die nun umso mehr arbeiten, die überhaupt keine Zeit mehr zum Nachdenken haben, zum Nachdenken haben wollen. Die ihre Gefühle verdrängen. Die vielleicht sagen, für Gefühle habe ich keine Zeit. Dieses habe ich vor allem bei Männern im Umfeld bemerkt. Sie schuften und schuften und fallen abends müde ins Bett. Ob das der richtige Weg ist?

Vielleicht für manche. Neulich auf dem Friedhof habe ich einen alten Mann gesehen. Er stand vor dem Grab seiner Frau, er hat gebetet und hat geweint. Ich bin zu ihm gegangen und wir haben uns unterhalten. Seine Frau ist vor einem halben Jahr verstorben, mit 83 Jahren. Er ist 81 Jahre. Sie waren 60 Jahre verheiratet. Sind durch dick und dünn gegangen und haben sich sehr geliebt. Dieser Mann sagte auch, es ist schwer, aber wir schaffen es.

Es gibt Mütter, Väter, die ihr Kind verlieren, egal wie alt. Das muss furchtbar sein. Mutter sagte einmal, das Schlimmste für eine Mutter ist, ihr Kind zu verlieren. Ich denke und glaube, liebe Mütter und Väter, liebe Eltern, denen so etwas passiert ist oder passiert, Ihrem Kind geht es gut und das Kind, die Seele des Kindes, lebt in Euch weiter. Euer Kind spricht mit Euch und gibt Euch Botschaften, Ihr müsst mit dem

Kind sprechen und die Liebe und die andere Form des Lebens zulassen.

Auch wenn ein Ehepartner gegangen, verstorben ist, er ist doch immer bei Euch und begleitet Euch, nur in einer anderen Form.

Was ich jetzt zum Schluss dieses Buches sagen will, ist: Wir müssen gerne leben wollen, wir müssen das Geschenk des Lebens annehmen und wir müssen ja zum Leben sagen.

Wir müssen für unsere lieben Verstorbenen ein gutes, sinnerfülltes Leben führen, jeder sollte sich einen Sinn suchen. Wir sollten unsere Lieben immer bei uns lassen, das finde ich sehr wichtig. Und wir sollten keine Angst vor dem Tod haben.

Wenn Sie gläubig sind, ist der Tod nur ein Heimgehen zu Gott und wir werden alle unsere Lieben wiedersehen.

Wir sollten die negative Energie des schmerzlichen Trauerns, des seelischen Leidens, in positive Energie umwandeln. Wir müssen aus dem dunklen Keller wieder an das Licht kommen und die Sonne scheinen lassen. Dann erblühen auch wir Menschen, die hiergeblieben sind, auf der Erde, wieder zu neuem schönem Leben.

Ich will Mutti nun um Erlaubnis bitten, diesen Text zu veröffentlichen.

Mutti, darf die Öffentlichkeit erfahren, was du, was ich, was wir erlebt haben? Oder ist es dir lieber, wenn ich alles für mich behalte? Ich habe es aufgeschrieben und damit ist es nun gut gewesen?

Ich horche in mich hinein, frage dich nun, und höre deine Antwort: Ja, sagst du, ich darf.

Das musst du selbst entscheiden, Annelie, sagst du. Das überlasse ich dir.

Diesen Satz hat sie in den letzten Lebensmonaten oft gesagt, wenn ich sie etwas Wichtiges gefragt habe. Sie überließ es mir.

In Ordnung, Mama, ich danke dir. Ich danke dir für dieses Buch.

Zeitfracht Medien GmbH
Ferdinand-Jühlke-Straße 7
99095 Erfurt, Deutschland
produktsicherheit@kolibri360.de